Ingrid J. Poljak
Die Hände des Doktor Kinich

AF177766

Ingrid J. Poljak lebt und schreibt in Wien.
Im Alter von 13 Jahren entdeckte sie auf einem Dachboden das Buch "Der Geisterseher" von Friedrich Schiller/Hanns Heinz Ewers, es wurde zu ihrem langjährigen Kultbuch. Gleichzeitig begann sie in Ermanglung von anderen Büchern, die ihr gefallen hätten, selbst Romane zu schreiben.
Nach dem Studium an der TU Wien war sie viele Jahre als Architektin und nebenberuflich als Grafikerin tätig. Während dieser Zeit kam sie nur sporadisch zum Schreiben, einige Romane und Romanfragmente blieben liegen. Seit sie vor einigen Jahren den Beruf aufgegeben hat, widmet sie sich ganz dem Schreiben. Sie verfasst hauptsächlich Krimis, Thriller und mysteriöse Kurzgeschichten.

Veröffentlichungen:

"Bildermord", ein Salzburger Festspiel-Krimi (Künstlerkrimi), Berenkamp-Verlag 2012
"Auch Mord ist (k)eine Kunst", ein eBook mit Kurzkrimis, Verlag Stories & Friends 2014

Homepage der Autorin: www.ingrid-j-poljak.com

Ingrid J. Poljak

Die Hände des Doktor Kinich

Sechs unheimliche Geschichten

© 2014 Ingrid J. Poljak
Umschlaggestaltung, Illustration: © Ingrid J. Poljak

Verlag: tredition GmbH, Hamburg

Paperback   ISBN 978-3-8495-9610-1
Hardcover   ISBN 978-3-8495-9611-8
eBook   ISBN 978-3-8495-9612-5

Printed in Germany

Bibliografische Information der Deutschen Nationalbibliothek:
Die Deutsche Nationalbibliothek verzeichnet diese Pub-
likation in der Deutschen Nationalbibliografie; detail-
lierte bibliografische Daten sind im Internet über
http://dnb.d-nb.de abrufbar.

„Sollten denn, lieber Bruder Cyrillus", sagte ich, „all diese Dinge gewiss und wahrhaftig das sein, wofür man sie ausgibt? ..."

Aus „Die Elixiere des Teufels" von ETA Hoffmann.

Die Hände des Doktor Kinich

Doktor Kinich drehte an der ziselierten Messingkurbel, die Zahnräder klickten und die Stahlfeder spannte sich. Die Schneide des Fallbeils glänzte. Langsam drückte Kinich auf den Auslösehebel. Tote Hände, dachte er, überall nur tote Hände.

Da schlug die Hausglocke an. Er richtete sich auf und blickte auf die Uhr. Punkt zwölf!

Der siebte Bewerber.

Der Mann hieß Manuel, war mittelgroß, schlank, und für einen Hausdiener und Gärtner saß der Anzug fast zu korrekt. Kinich führte ihn in die Halle, wo die Vitrinen standen, und bot ihm den Platz auf dem Ledersofa an.

„Sie sind pünktlich erschienen. Das schätze ich." Kinich nahm eine Flasche aus seiner kleinen Bar. „Möchten Sie einen Schluck trinken, bevor wir uns Ihre Referenzen ansehen?"

Manuel blickte zu den Bildern an den Wänden, zu den Exponaten hinter Glas, während er sich setzte. „Keinen Alkohol", sagte er.

Kinich brachte zwei Gläser Mineralwasser. „Auch das schätze ich." Er ließ sich gegenüber dem Bewerber nieder. Die hageren Hände des Mannes lagen bewegungslos auf einer Mappe. Ob diese Hände Kraft genug hatten, Holz zu hacken, armdicke Äste abzusägen? Aber schon den Name des Mannes buchte Kinich als Pluspunkt.

„Ich suche einen Hausmeister und Gärtner mit – sagen wir - gestalterischen Fähigkeiten. Seit dem Tod meiner Frau haben hier niemand und nichts gelebt außer mir. Das Haus verfällt, der Garten ist außer Kontrolle geraten. Mein Sohn ist längst ausgezogen." Undankbar, wie Kinder einmal sind, dachte Kinich. Er schüttelte sich.

„Sie sehen selbst – meine große Leidenschaft sind Hände. Wie hier zum Beispiel", er deutete auf die nächststehende Vitrine. „Die weißen sind die Hände meiner Frau."

Manuel nickte.

„In Alabaster natürlich." Kinich stand auf, trat an die Vitrine. Auf dem Sockel aus poliertem Ebenholz ragten ihm die vollkommensten Hände entgegen, die ihn je angefasst, ihn je verehrt hatten. „Sehen Sie? Vom kleinen Finger ist ein Eckchen abgeschlagen."

Manuel stand jetzt neben ihm. „Ich bin eine Zeitlang Bildhauer gewesen. Sind die Hände in Bronze Ihre Hände, Doktor Kinich?"

„Sie sind es!"

„Bronze mit Blattgold zu belegen, ist eine relativ einfache Arbeit."

Kinich staunte. Vielleicht stand vor ihm endlich der Mann, den er suchte. Er deutete auf die nächste Vitrine. „Hier die Boxhandschuhe, mit denen Cassius Clay den olympischen Sieg errungen hat." Vergnügt eilte er weiter. „Dort ein Maniküzeug aus dem sechzehnten Jahrhundert. Von Dürers Betenden Händen besitze ich achtundsiebzig Reproduktionen. Die Tapete nicht eingerechnet." Er zeigte auf die Vergrößerung der Dürer-Grafik, mit der er die Wand über dem offenen Kamin hatte tapezieren lassen. „Hände sind die Seele des Menschen."

Manuel schwieg. Er wandte sich jenem Regal zu, wo die Skeletthand und die Daumenschrauben lagen. Wo die kleine Guillotine mit gespanntem Abzug bereit stand. Kinich kam ihm nur einen halben Schritt zuvor.

„Vorsicht!" Das kleine Beil sauste in die Tiefe und – zack! – verschloss die Öffnung für das Handgelenk.

Manuel sagte nur: „Auch bei einem Tierpräparator habe ich gearbeitet."

Kinich beeilte sich jetzt, zu den Formalitäten überzugehen. Er überflog Führerschein und Leumundszeugnis des Mannes und studierte die Referenzschreiben.

„Wie Sie aus der Anzeige wissen, steht Ihnen eine kleine Wohnung in diesem Haus frei zur Verfügung. Wie hoch stellen Sie sich das Gehalt vor?"

„Dreitausend Euro."

Kinich rechnete die tausend dazu, die der Mann hätte für eine Wohnung ausgeben müssen. Das entsprach dem Gehalt eines Akademikers, aber er willigte ein. „Sie können sofort einziehen und mit der Arbeit beginnen."

„Ich habe die Wohnung noch nicht gesehen."

Kinich zeigte ihm die Wohnung im Obergeschoss. „Gefällt sie Ihnen?"

„Da liegen noch Sachen Ihres Sohnes."

„Der lebt jetzt in der Stadt. Und wenn er je wieder zurückkommt, wird er sicher nicht hier wieder einziehen wollen."

„Geben Sie mir drei Tage Bedenkzeit?"

„Zahle ich zu wenig?"

„Nein, nein." Der Mann lächelte, und beim Abschied überraschte er Kinich mit einem kraftvollen, warmen Händedruck.

Drei Tage später zog Manuel ein, und Kinich war überzeugt, ihn nicht wegen seines Namens engagiert zu haben.

Manuel erfüllte seine Aufgaben. Er vergoldete die Bronzehände und reparierte die Hände aus Alabastergips. Die Bäume und Hecken stutzte und band er zu Skulpturen, die aussahen wie aus der Erde ragende Hände von Riesen. Aus Blumen setzte er Reliefs zusammen, die wie bunte Hände von Göttern in den Wiesen lagen. Hände, die wuchsen, sich rankten, erblühten. Im Haus krümmte die Skeletthand des arabischen Diebes wieder die Finger, wenn Kinich an den Sehnen zog.

„Nenn mich Gottfried", sagte Kinich, stieß mit Champagner an Manuels Wasserglas. Ab diesem Zeitpunkt nahm er ihn auf Parties mit, auf Empfänge in die Stadt und ließ ihn teilhaben am Betrachten und Drücken von Händen. Hin und wieder stieß er ihn an. „Die würden gut in die Sammlung passen."

„Den Händen deiner Sammlung fehlt das Leben. Bist du der toten Hände nicht überdrüssig?" Manuel war klug, er wusste, wonach Kinich sich sehnte.

Während im Garten die Blumen und Blätter verwelkten, blickte Kinich auch auf Manuels Hände. Wie geschickt er doch mit Werkzeugen hantierte, wie zärtlich er über die Exponate strich. Wie manierlich er nach den Händen der Damen fasste. Manuels Hände taten, wozu Kinich ihn aufforderte. Warum sollte Manuel nicht alle seine Wünsche erfüllen?

„Ich möchte lebende Hände", flüsterte er ihm eines Abends zu. „Die mich streicheln, mich anbeten. Die sich krümmen, wenn ich draufschlage. Verstehst du, was ich meine?"

Manuel lächelte nur, zog sich zur Nachtruhe zurück. Und am Morgen darauf sagte er zu Kinich: „Hände leben nicht ohne Körper."

Richtig. Aber Kinich war überzeugt, es käme nur auf den richtigen Versuch an. Es musste einfach eine Möglichkeit geben, nur wollte er die nicht selbst erfinden.

Er beobachtete Manuel, wie er im Garten die Bäume schnitt, wie er aus den Hecken Hände formte. Sie ragten aus der Erde und wuchsen, weil Manuel sie hegte und pflegte. Kinich trat hinaus in die Sonne. „Und wenn wir teilen?"

Manuel legte die Gartenschere weg, blickte auf. „Die Beute oder das Risiko?"

„Beides. Ein Gärtner teilt immer mit den Vögeln und den Schmetterlingen."

„Es gibt eine Möglichkeit, Gottfried", sagte Manuel, als er am nächsten Morgen das Frühstück servierte. „Aber die würde dich teuer zu stehen kommen."

Kinich überlegte eine Weile. Wozu habe ich ihn schließlich engagiert? fragte er sich. „Ich wette, du findest einen Weg."

Manuel nickte. „Wie viele Hände?"

„Ich bin unersättlich. Wie viel Geld brauchst du?"

„Wir rechnen nachher ab."

Während der beiden nächsten Monate schaffte Manuel Ziegel, Sand und Zement herbei und werkte im Keller. Er kaufte Tapeten und Teppiche. Kinich fragte nicht, wozu er die Dinge brauchte.

Während dieser Zeit war Kinich wieder alleine unterwegs. Auf einer Party erfuhr er, dass die Tochter des Hauses, deren Hände er immer wieder bewunderte, mit unbekanntem Ziel abgereist war. Ein anderer Empfang, wo schöne Männerhände ihn erwarten sollten, war abgesagt worden, angeblich wegen eines gekenterten Bootes. Kinich ahnte, was geschehen war. Manuel würde als Täter dastehen, nicht er. Kinich konnte seine Hände in Unschuld waschen. Er fieberte der Überraschung entgegen.

Eines Tages führte Manuel ihn in den Keller und öffnete eine Tür.

Kinich betrat den Raum, den er so noch nie gesehen hatte: Teppiche lagen auf dem Boden, Tapeten und Gobelins bedeckten die Wände. Drei Kopien von Dürers Betenden Händen hingen hier. Auch die kleine Guillotine stand auf einem Regal. Und an der Wand gegenüber, wie eine Galerie von Trophäen, Gottfried Kinichs Traum. Zwei Paar Hände aus Fleisch und Blut ragten aus der Wand. Lebende Hände. Sie wiegten sich zu leiser Musik, die den Raum erfüllte.

Er näherte sich den Männerhänden, fasste sie an, drückte sie. Warm und stark fühlten sie sich an. Er strich zärtlich über die Frauenhände, legte seine Wangen daran, küsste sie.

Am nächsten Morgen stand er früh auf, um sich möglichst lange seiner Lust hinzugeben. Aber die Hände hingen schlaff aus der Wand. Er ging näher, berührte sie. Da bewegten sie sich langsam. Natürlich, er hatte sie geweckt! Welch herrliche Erfahrung! Doch langsam erschlafften sie wieder. Und auf seine Liebkosungen reagierten sie kaum. Er suchte Manuel.

„Bist du nicht zufrieden mit deinem Anteil?"

„Doch", sagte Manuel. „Aber ich brauche neues Material. Wenn du einverstanden bist." Kinich nickte, lachte in sich hinein.

Nach zwei Tagen war es wieder so weit. Neue Hände, neue Lüste. Kinich drängte den Händen entgegen, ließ sich anfassen, sich streicheln. Hinter den Wandteppichen hervor erklang Musik.

Wochen vergingen.

Hatte Manuel gelernt, wie er die Hände länger am Leben erhalten konnte? Mit Drogen? Hypnotisierte er die Opfer? Oder hatte er schon die halbe Stadt ausgerottet?

Kinich ließ sich Tisch und Sessel bringen. "Und Besteck für drei!" Er nannte das Zimmer jetzt Paradiesgarten und nahm dort seine Mahlzeiten ein. Schade nur, dass Manuel so beschäftigt war. So sehr, dass Kinich selbst zur Haustür schlurfen musste, weil es läutete. Draußen stand der Nachbar. Und schade, dass er den Nachbarn nicht einladen konnte, um das Vergnügen mit ihm zu teilen.

„Meine Frau ist verschwunden", sagte der Nachbar.

„Das tut mir Leid", sagte Kinich.

Nachdem er hinter dem Nachbarn die Tür geschlossen hatte, suchte er Manuel auf. „Nicht die Nachbarn, Manuel. Das fällt auf. Die Stadt ist groß genug."

„Soll ich sie freilassen?"

„Bist du verrückt!?"

Der Nachbar kam nicht wieder, und Kinich fand es schließlich langweilig, sich die Frage zu stellen, ob es die Hände der Nachbarin waren, die ihn zärtlich streichelten. Er fragte auch nicht, wem die Männerhände gehörten, die ihm sogar besser gefielen als die eigenen, weil sie jung und kraftvoll waren. Er ließ sich das Abendessen in den Paradiesgarten servieren und die Hände gegenüber sollten das Mahl mit ihm genießen. Er legte ihre Finger um die Griffe von Messer und Gabel.

Das Silberbesteck wippt auf und ab, tanzte vor seinen Augen! Vernahm er nicht Beethovens Neunte aus der Wand? Freude, schöner Götterfunken ... Schade, dass Manuel nur sein Diener war. Schade, dass sein Sohn ihn verlassen hatte.

Die Gabel aus der Frauenhand fiel zu Boden, fast lautlos, weil sie auf dem Teppich aufschlug, dann fiel auch das Messer. Kinich stutzte. Vor seinen Augen verkrampften sich die Hände, bebten. Kinich schloss die Finger wieder um den Griff der Gabel. Die Gabel fiel ein zweites Mal. Kinich wurde ärgerlich und schlug auf die Hände.

Er rief nach Manuel, aber der antwortete nicht.

Kinich hob die Gabel auf und stach sie in die ungehorsame Hand. Wie die Silbergabel jetzt zitterte! Wie die Hand sich aufbäumte! Manuel war schuld, wenn sie nicht gehorchten. Manuel behandelte die Leute nicht gut genug, da hinter der Wand.

Gut, was sollten sie mit dem Besteck auch anfangen, eingemauert wie sie waren. Wahrscheinlich schob ihnen Manuel altes Brot zwischen die Zähne und Blechtrichter, durch die er sie mit Suppe ersäufte. Nein, Kinich wollte gar nicht wissen, was sich hinter der Mauer abspielte. Junge Hände, und sie erwiderten seinen Druck, seine Bewegung. Sie taten ihm wohl. Manuel, der Schurke, nahm sich jenseits der Mauer den Rest. Aber was ging ihn das an?! Er stellte sich vor, von einem Meer von Händen getragen zu werden, umschlungen, gehuldigt. Dafür lebte er!

Er wandte sich den Männerhänden zu, die den seinen so glichen. Wo Manuel dieses Paar nur aufgetrieben hatte? Er berührte die Hand, bog sie sanft zurück und löste die Gabel aus den Fingern. Herrlich! Diese Hand würde tun, was er wollte. Da stach plötzlich die andere Hand mit dem Messer zu. Sie stach nur in die Luft, aber sie stach. Frech, heimtückisch. Nun, Kinich würde ihr beibringen, wer hier der Herr war. Er nahm die Gabel, drehte sie um und ließ den Silbergriff auf die Fingerknöchel niedersausen, dass es krachte, aber die Hand ließ das Messer nicht los, sondern schwang es hin und her. Aufrührerisch. Doch die Hände würden lernen. Diese hier waren es wert zu lernen, dass sie nur Hände waren und sonst nichts. Sie mussten den jenseitigen, jämmerlichen Teil vergessen. Sie lebten nur hier, und hier nur von Kinichs Gnaden.

Er musste Manuel beauftragen, dieses Paar rechtzeitig in Harz einzugießen. Aber zuerst wollte er sie gefügig machen. Er wollte sicher sein, dass sie die richtige Haltung einnahmen, wenn Manuel sie eingoss.

Dass die Hände aufbegehrten, verstand er. Auch Manuel herrschte über sie, er, indem er das traurige Irdische drüben beherrschte. Aber das Dumme war, Manuel konnte die Hände auch absichtlich töten, und Kinich konnte es nicht verhindern. So gesehen war Manuel mächtiger als Kinich, denn Körper konnten auch ohne Hände leben, nicht aber Hände ohne Körper. Manuels Idee war doch nicht so gut, wie sie anfangs schien.

Es war eine schwere Entscheidung, die Kinich jetzt treffen musste. Er, Gottfried Kinich, war Herr über die Hände, nicht Manuel, dieser Verbrecher. Es waren seine Hände, ihm mussten sie gehorchen. Aber nur mehr beim Töten konnte er Manuel noch zuvorkommen.

Zu seiner Linken stand die Guillotine.

Während er an der Messingkurbel drehte, klickten die Zahnräder und die Stahlfeder spannte sich. Das Fallbeil blitzte. Er überlegte, wie er die störrische Hand, deren Finger sich verkrampften, in die Öffnung zwingen sollte. Wenn er an den richtigen Sehnen zog, konnte er jede Hand in die rechte Haltung zwingen. Aber betende Hände mit gebrochenen Fingern mochten seltsam aussehen. Doch was blieb ihm anderes übrig? Er griff nach dem Daumen. Aber er spürte, wie die Spannung aus den Händen wich. Unter seinem Zugriff gaben sie langsam nach, lagen schließlich kraftlos in den eigenen. Und plötzlich erinnerte er sich: diese Hände hatte er früher schon gesehen. In jenem Zimmer, in dem Manuel sich eingenistet hatte. Die Hände seines Sohnes!

„Manuel!"

Der Schrei zerbrach.

Kinich riss die Vorhänge herunter, schlitzte die Teppiche auf, schleuderte die Guillotine gegen die Wand. Er zertrümmerte Tisch und Sessel, deren Beine auch wie verdammte Hände aussahen.

Zitternd umklammerte er das Messer. Er stürmte hinaus, um Manuel die Kehle durchzuschneiden. Er stolperte durch den Keller, zwängte sich durch Gänge, riss klemmende Türen auf. Beethoven dröhnte und hallte aus allen Winkeln des Hauses wider. Kinich stieß endlich auf die Toten.

An den eingemauerten Armen hing, nackt, geschunden, der leblose Körper seines Sohnes. Daneben leuchteten die Kontrolllämpchen einer CD-Anlage wie die bunten Lichter auf dem Rummelplatz. Kinich zertrümmerte die Klänge.

Einen Augenblick lang stand er Manuel gegenüber.

„War dir der Preis zu hoch?" fragte Manuel und löste die Schlinge vom Hals des Sohnes, mit der er ihn erdrosselt hatte.

Kinich stürzte sich auf ihn, aber Manuel schüttelte ihn ab und verschwand.

Der Dom

Endlich stand Bernhard davor.

Noch nie hatte er eine derartige Kirche so nahe gesehen, von solch gigantischen Ausmaßen und solcher Erhabenheit, noch nie war er sich selbst beim Anblick eines Bauwerkes so unbedeutend vorgekommen wie in diesem Moment. Vor tausend Jahren sei mit dem Bau des Doms begonnen worden, bis heute unvollendet. Bis heute habe er rund achthundert Arbeitern das Leben gekostet, so stand es in der Chronik, und hundertdreiundzwanzig Selbstmörder seien in die Tiefe gesprungen.

Der Dom türmte sich vor ihm auf, zusammengefügt aus grau-gelbem Steinquadern, von gemeißelten Ranken überwuchert und von rätselhaftem Getier bevölkert. Die Wasserspeier reckten die Hälse ins Abendrot.

Neben Bernhard drängten sich Touristen und bellten Fremdenführer. In den Fenstern der engen Gassen spiegelten sich die Fialen, die Kreuzblumen, die buntglasierten Dachziegel. Bernhard legte den Kopf in den Nacken, hob den Blick zur Spitze des Turmes, unsicher, torkelnd. Er sah, wie der Turm an den Wolken vorbeizog. Wie er sich drehte, wie er schwankte und dennoch stillstand. Die Teufelchen zwischen den Blumen und Blättern grinsten, winkten, streckten die Zungen heraus.

Bernhard nahm sein Fernglas, Vergrößerung acht zu eins. Er tauchte ein in das üppige Leben aus Stein, und eine neue Welt nahm ihn auf. Sein Traum erfüllte sich endlich. Er wiegte sich zwischen den gemeißelten Ranken und Trauben, strich über die vom Wind blank geschliffenen Köpfe, schaute in die von Spinnweben verhangenen Augenhöhlen. Er hörte ein Raunen um die steinernen Ohren streichen. Knotige Schlingpflanzen, Schlünde, Wülste, weiß umrahmt, bekleistert mit Vogelmist. Alles hoch oben, am Rand der Wolken, den Himmel berührend, und doch ganz nah.

Hatte sich da oben nicht etwas bewegt? Ein Falke vielleicht. Auch die Falken waren achtmal so groß.

Benommen zog Bernhard den Blick wieder ein und richtete ihn auf die Menschen, die ihn schnatternd und trippelnd umgaben. Fast rissen sie ihn zu Boden.

Die Zeit war anders da oben. Vielleicht wurde sie in Blitzschlägen gemessen, vielleicht in Sonnenfinsternissen. Vielleicht stand sie still. Hier unten hämmerte die Zeit, tickte und ratterte. Hier unten machte die Zeit Angst. Bernhard spürte sie in den Eingeweiden. Sie pulste durch die Adern und machte die Beine schwer.

Die Beine der Drachen da oben sprangen und die Flügel schwangen mit dem Wind um die Wette. Die Klauen reckten sich nach der Ewigkeit.

Bernhard setzte sich auf eine Bank, wo er sich von dem Taumel erholte. Die Türme standen wieder unbeweglich wie auf einer Ansichtskarte. Touristen pressten Kameras an die Wangen und Kinder aßen Wurstsemmeln. Eisverkäufer klingelten und Skateboardakrobaten rollten übers Pflaster. Hunde hoben das Bein an den Mauern des Doms und aus den Kanalgittern stiegen Dünste auf. Bernhard blätterte in seinem Buch, ob da nicht noch etwas geschrieben stand über die Türme. Fast hundertvierzig Meter hoch der eine, von jedermann besteigbar bis zur Aussichtsstube. Der Teufel, hieß es, habe beim Hochziehen der Quader geholfen, für die Seelen der Selbstmörder.

Schatten fielen auf den Platz vor dem Dom, und am Himmel färbten sich die Schleier rot, durch die der Turm seine Krallen zog.

Bernhard vergaß die plärrenden Kinder mit den aufgeschlagenen Knien und schaute wieder hinauf. Ihm war jetzt, als würde er durchs verkehrte Fernglas schauen. Alles rückte von ihm ab, wurde klein und unerreichbar. Der Turm unendlich hoch. Ein trügerisches Leben aus Stein: Ameisen und Würmer, die an versteinerten Knochen fraßen.

Wo er zuvor den Falken gesehen hatte, krümmte sich einer der Würmer.

Ein dünner Körper streckte sich weit vor, schwankte in der Luft wie eine Schlange, tastete um sich, stieß vor und zurück. Bernhard schien es, als höre er eine schwache Stimme, einen Ruf aus der Ferne. Er setzte das Fernglas wieder an. Da saß rittlings ein Mann auf einem Wasserspeier, klammerte sich an den gekrümmten Rücken, an die Zacken der Ohren, drohte zu stürzen, verzerrte den Mund zu einem Schrei. Bernhards Hände zitterten: achtfach zitterte der Wasserspeier im Fernglas.

Der Unglückliche da oben schlug aus, die achtfache Angst ins Gesicht geschrieben.

Bernhard ließ das Fernglas sinken. Er musste den Mann da oben helfen, ihn vorm Absturz retten. Er rannte auf das Tor zu, riss den Pförtner aus seinem Dämmerschlaf und warf ihm die Münzen für die Turmbesteigung hin. „Da oben", rief er. Er wusste, dass der Pförtner ihn nicht mehr hörte, und jagte die steinerne Stiege hinauf. Mit jeden Satz nahm er zwei, drei Stufen auf einmal, schraubte sich die Spindel entlang in die Höhe. Er schnellte sich von einem Podest zum nächsten, keuchte, stürmte weiter. Leute stieß er einfach zur Seite.

Minuten, Sekunden konnten entscheiden. Wenn der Mann da oben nur aushielt!

Die Nischen an den Podesten öffneten sich zu Spalten, zu Scharten, durch die das Abendlicht fiel. Bernhard sprang höher und höher.

Bei einer der Luken hielt er an, blickte hinaus. Er stand weit über den Dächern der Stadt. Die nächste Luke war groß genug, dass er sich durchzwängen konnte. Hier musste es sein, hier musste er ihn finden. Er stieg übers Geländer, bog ein Drahtgitter auseinander und kroch durch die Öffnung. Er stieg zwischen Säulen hindurch und stand endlich auf dem Boden einer sich öffnenden Schlucht, von wo er einen Teil dieser Welt überblicken konnte. Er presste sich an die Steinquader und suchte nach dem Mann, den er retten wollte. Er wünschte, die Zeit stünde wirklich still da hier oben.

Über ihm zogen langsam die Wolkenschleier, unter ihm kreisten wie verrückt gelbe und blaue Lichtpunkte. Über ihm krächzten Vögel, unter ihm jaulten Sirenen.

Er kroch seitwärts und erschrak über einen Flügelschlag und über das Sirren von Draht in der Luft. Seine Hand fand Halt an einem Blitzableiter.

Bernhard starrte auf das Türmchen, fünf Schritte vor ihm, jeder Schritt tödlich, sah den Drachen, der neben dem Türmchen hockte und bockte, der spie und fauchte und den Reiter abwerfen wollte. Der Reiter schlug dem Drachen die Fersen in die Flanken, verkrallte die eine Hand in der steinernen Mähne, schwang die andere über den Kopf wie zum Schlag.

Halt aus, ich komme!

Wie lange schon mochte er über dem Abgrund hängen und vergeblich um Hilfe schreien? Bernhard sah ein Drahtseil von oben herabhängen und im Wind gegen den Stein schlagen. Das Ende des Seils schwang hin und her, umkreiste das Türmchen, berührte es. Eine Spanne über Bernhards ausgestreckter Hand schrieb es seine Figuren und Schleifen in die Luft, seine Zeichen. Vielleicht war der Ärmste an diesem Seil dorthin gelangt, wo er jetzt kauerte. Vielleicht hatte er sich über den Wasserspeier hinwegschwingen wollen, hatte zu spät das Seil losgelassen und war, anstelle in die Tiefe zu stürzen, an die Fiale geprallt und in die Dachrinne gerutscht. Wenn Bernhard jetzt versuchte, an das Seil heranzukommen, sich die fünf tödlichen Schritte hinüberzuschwingen zu dem Türmchen, wenn es ihm gelang, seinen Gürtel über die steinernen Ranken zu werfen, den Arm des Reiters zu erfassen ... er könnte ihn am Leben halten, zumindest solange, bis Rettung kam. Bis das Blaulicht aus den Augen der Drachen leuchtete, die hier hockten und auf die Selbstmörder warteten.

Bernhard schob sich seitwärts, klammerte sich an Haken fest, an Eisenstangen, mit denen die Krabben und Blumen verankert waren. Alles war wetterfest und sturmgeprüft. Hier konnte er klettern wie in einer gesicherten Wand. Wenn da unter dem Drachen die Tiefe nicht wäre... Er zog sich auf den nächsten Vorsprung, auf die nächste Blume, lehnte sich an einen Pfeiler, über dem ein nächstes Türmchen aufragte. Wie in einem Kamin spreizte er zwischen den Fialen die Beine fest. Wenn er den Abgrund ignorierte, fielen ihm die Schritte und Handgriffe leicht. Er zog sich den Gürtel aus den Schlaufen. Das Seil pendelte in seiner Nähe. Wenn er sich streckte, konnte er es bestimmt fassen.

Da drüben der Reiter auf dem Wasserspeier rutschte hin und her, bäumte sich auf. Schrie.

„Halt aus! Ich komme!" Bernhard fasste das Seil. Vielleicht diente es den Steinmetzen zur Sicherung, wenn sie von den Krabben und Ungeheuern die Krusten der Zeit abschlugen. „Ich komme!"

Der Reiter wandte den Kopf, erblickte Bernhard - und lachte. Die verkrampfte Hand löste sich aus der Mähne des Drachen.

Bernhard schwang sich an dem Seil hinüber, fasste Fuß auf dem Türmchen, klammerte sich daran fest. Die Stahlfasern des Seiles schienen noch an seinen Händen zu kleben. Er rutschte ab in die Dachrinne.

Der Reiter lachte noch immer. Er lachte sogar, als Bernhard das eine Ende des Gürtels an der eisernen Stütze des Wasserspeiers einhakte und versuchte, das andere Ende um das ausschlagende Bein zu schlingen. Lachte und lachte. Und glitt gelöst vom Rücken des Drachen, flog hinaus in die Dämmerung, verschwand in der Tiefe.

Der Gürtel entglitt Bernhard, das Seil schwang hoch über seinem Kopf, nicht mehr erreichbar, klirrend im Wind. Er kauerte sich hin, die Retter würden ihn holen. Er schmiegte sich an die Blumen, an die Ranken, an die Klauen der Drachen und an die Wangen und Augenhöhlen der Teufel. Er liebkoste den Wasserspeier, er kroch auf seinen Rücken, fuhr mit der Hand durch die steinerne Mähne, flüsterte ihm ins Ohr.

Wartete.

Winkte.

Schrie.

Hundertvierundzwanzig ...

Azarians Puppe

Eigentlich hätte Cathi dieses Haus fotografieren sollen. Albert, ihr Mann, brauchte die Fotos, um sich beim Zeichnen der Fassaden leichter zu tun.

Sie saß jetzt im Garten und dachte an die kleine Auseinander-setzung, die sie soeben mit Doktor Azarian gehabt hatte. Er hatte sie ums Haus geführt, ihr die Säulchen und Türmchen und Wasserspeier aus Kupferblech gezeigt und dann auch den Garten: die Blumen, die Hecken; den Pfau, der zwischen den Sträuchern auf- und abstolzierte.

Ob sie vielleicht das Bogenschießen lernen möchte, hatte er plötzlich gefragt, als sie an einem riesigen Rad aus Stroh vorüberkamen, an der eine Puppe hing. Und dann hatte er der Strohpuppe einen Pfeil in den Körper gejagt. Ekelhaft!

Cathi hatte keine Lust zu schießen, nicht einmal auf Puppen. „Gefährliche Dummheit", hatte sie es genannt. Es war ihr so herausgerutscht – schließlich war Azarian Alberts Auftraggeber und sie hätte höflich sein sollen. Aber jetzt war ihr wenigstens leichter.

Sie lehnte den Kopf zurück und schloss die Augen. Sie kannte den Garten noch viel zu wenig. Wenn man sich an den Geruch der Narzissen gewöhnt hatte, der sie an Aas erinnerte, war es ein schöner Garten. In den Bäumen zwitscherten Vögel und über den Wiesen summten Bienen. Genau wie in tausenden Gedichten beschrieben.

Das Stroh neben Cathi knisterte.

Schon von weitem sah sie Rachmann kommen, diesen sonderbaren Freund des Doktors. Er trug ein Tablett, auf dem appetitliche Getränke standen, und er ließ Cathi ein Glas davon nehmen. Sie trank und leckte sich die Lippen.

„Johannisbeere und Orange?" fragte sie.

„Beides, und ein bisschen Schierling. Alles selbst gepflückt", sagte Rachmann.

„Auch die Orangen?", fragte sie.

„Selbstverständlich."

Sie lachte. Sie wusste, man musste vorsichtig sein. Rachmann liebte kleine Scherze.

Sein Blick fiel auf die Strohpuppe, die Cathi neben sich auf die Bank gesetzt hatte, statt an ihren Platz an der Zielscheibe zu hängen. Seine Stirn verfinsterte sich.

Er stellte das Tablett ab, hob wortlos die Puppe auf und trug sie zurück zum Schießstand. Cathi sprang auf und lief ihm nach. Sie wollte protestieren: Man schießt nicht auf Menschen und auch nicht auf Puppen! – Aber er drängte sie einfach zur Seite. Cathi wurde zornig und ballte die Fäuste.

„Halt' wenigstens die Puppe", sagte er ungerührt, drückte ihr die Puppe in die Arme und zog ein Spagatknäuel aus seiner Hosentasche, das er umständlich zu entwirren begann. Die Schnur schien hoffnungslos verheddert und mehr als einmal versuchte er, sie mit Gewalt auseinanderzureißen, was aber nur dazu führte, dass sich die Knoten noch fester zusammenzogen. Cathis Zorn verflog sofort. Sie lachte, fasste die Puppe um die Taille und hüpfte mit ihr herum, bis sie taumelte und zu Boden sank. Schließlich lachte auch Rachmann, und sein Goldzahn blitzte.

Nachdem er den Spagat entwirrt hatte, hob er Cathi hoch und band sie an der Zielscheibe fest. Er machte es sehr sorgfältig, beinahe kunstvoll, aber was machte Rachmann nicht fast perfekt? Makramee, dachte Cathi spöttisch. Ein Schnitt, und der Spagat ist wieder entzwei, auch wenn er noch so kunstvoll verknüpft ist.

Als Rachmann sich bückte und den Spagat um ihre Knöchel wickelte, bemerkte Cathi, dass sie barfuß war. Sie staunte. Ihre Schuhe standen nicht weit von ihr auf dem Boden und daneben lag auch der Fotoapparat. Sie sollte das alles fotografieren. Sie sollte sich selbst fotografieren, wie sie jetzt barfuß an dieser Scheibe aus Stroh hing und weder die Arme noch die Beine bewegen konnte. Sie wollte sich nach der Kamera bücken. Sie hatte sich heute schon einmal nach etwas gebückt, fiel ihr ein, nach dem Messer. Ein Schnitt, und die Puppe war frei. Sie hatte sie losgeschnitten. Und von Azarians Hand war Blut getropft. Er hatte ins Messer gegriffen, es war seine Schuld.

Um ihre Handgelenke war Spagat gewickelt, eher aufgewickelt in endlosen Runden wie auf einer Zwirnsspule. Sie lachte. Was für seltsame Knoten da doch dazwischen waren! Nach jeder Runde schlang Rachmann einen Knoten und zog die Schnur ganz fest zusammen. Cathi konnte die Arme und die Beine tatsächlich nicht bewegen. Aber was machte das schon? Sie bewegte ihren Körper. Sie schaukelte, indem sie ihren Bauch nach vorne schob, sich vom Rad wegdrückte wie ein Weberknecht, dessen Füße an einer senkrechten Wand hafteten, dessen Körper aber frei über dem Abgrund schwebte und schwankte.

Warum Abgrund? Da war kein Abgrund. Warum glaubte sie manchmal, sie würde ins Bodenlose fallen? Rachmann war da, Rachmann der Diener, Rachmann der Clown, Rachmann mit seinem Goldzahn. Mit dem Gift im Glas ... Sie presste den Rücken wieder ganz fest an die Scheibe hinter sich, ans Stroh. Alles schwankte, das Stroh war nichts Starres, sondern es gab nach wie eine Matratze. Es war schön zu schaukeln, schön sich zu drehen. Ein Stoß von Rachmanns Hand versetzte das Rad in Bewegung. Es war schön, der Mittelpunkt zu sein, die Nabe einer rotierenden Welt. Die Bäume, das Strohdach, die Narzissen, alles drehte sich um Cathi, alles sauste vorbei in einem atemberaubenden Spiel aus Schatten und Licht.

Rachmanns Messer sausten auf sie zu und blieben stecken. Manche durchstießen das Stroh und steckten bis zum Heft, manche drangen nur wenig ein und zitterten, als würden sie in Eichenholz stecken. Keines war mehr als einen Finger breit von ihrer Haut entfernt, und keines traf Cathi ins Fleisch. Rachmann warf hundert Messer und kein einziges verletzte Cathi. Sie sah, wie der Himmel sich um sie drehte, wie das Dach und die Erde und die Bäume herumwirbelten um sie, und sie sah, wie Rachmann seine Dolche schleuderte. Sie lachte

Tränen. Sie hatte keine Angst: sie wusste, die Messer waren aus weichem Plastik und konnten nicht wirklich verletzen, ja nicht einmal wirklich treffen. Alles war nur ein raffinierter, ausgeklügelter Taschenspielertrick. Eine Nummer im Varieté. Unsichtbare Fäden lenkten die Messer in ihren Bahnen.

Applaus aus dem Zuschauerraum! Auch Albert und Azarian saßen da unten, und während Albert langsam im Publikum versank, erhob sich Azarian und kam auf die Bühne. Über der verletzten Hand trug er einen Handschuh, aus dem ein Zipfelchen Verbandsmull herausschaute. Trotzdem klatschte er in die Hände. Von seinen Händen sprühten Funken.

Der Vorhang fiel.

Azarian hielt die Scheibe an und zog die Messer aus dem Stroh. Cathi lachte noch immer. Die Messer hatten Kanäle in ihrem Inneren, sie waren in der Längsrichtung durchbohrt, vom Kopf des Griffes bis zur Spitze der Klinge, und durch den Kanal lief der Faden. Die Messer glitten auf ihren Fäden dem Ziel entgegen wie Perlen auf einer Schnur. Sie konnten das Ziel nicht verfehlen.

Albert hatte keine Ahnung von Zirkustricks. Niemand wusste es. Niemand wusste, dass die Fäden schon lange vorher gespannt waren. Niemand wusste, dass Cathi nur eine Puppe mit aufgemaltem Lächeln war und dass sie selber inzwischen in dieser verstaubten Villa an einem Dachbalken hing, dort, wo Azarian seine Puppen jede Nacht aufbewahrte.

Cathi starrte in die Dunkelheit. Nichts konnte sie erkennen, keinen noch so schwachen Lichtschein, keinen winzigen Funken, keinen Schatten. Sie hatte die Augen weit geöffnet, bewegte sie hin und her. Sie suchte einen einzigen Punkt in der Finsternis, den sie mit ihren Augen fixieren konnte, der ihrem umherirrenden Blick Halt bot. Aber diesen Punkt gab es nicht.

Sie versuchte sich umzudrehen, wenigstens den Kopf zu wenden, um vielleicht links oder rechts oder irgendwo anders jenen Punkt wahrzunehmen, den sie suchte, aber sie konnte den Kopf nicht bewegen. Es war, als hätte sie gar keinen Kopf. Es war, als gäbe es ihren Körper nicht. Sie fühlte nichts, weder Berührung noch Schmerz, sie spürte weder die Dinge, die sie umgaben, sie umgeben mussten – die Balken, den Boden, das Tuch, in das sie gehüllt war – noch spürte sie das eigene Fleisch. Sie krallte ihre Fingernägel in die Handflächen, aber es war, als gäbe es keine Fingernägel und keine Handflächen. Sie biss sich in die Zunge, aber da war nichts in ihrem Mund. Sie schloss die Augen wieder. - Hatte sie überhaupt Augen?

Nichts gab es hier auf dem Dachboden. Nichts außer Leere und Dunkelheit. Warum war sie nicht dort auf der Bühne, bei diesem Messerwerfer, bei diesem Bogenschützen? Sie kannte die Tricks. Ich halte still, ich bewege mich nicht. Nicht, wenn ihr nicht wollt. Ich bin eine gute Puppe. Ich will eine gute Puppe sein, eine perfekte Puppe, eine Marionette, die Azarian gemacht hat. Ich werde funktionieren.

Sie würde die Arme heben, wann immer er wollte. Sie würde den Kopf drehen, den Mund öffnen, den Rücken beugen, den Rücken strecken. Sie würde die Beine spreizen, auf dem Rad hängen, gekrümmt in einer Ecke liegen. Was immer er befehlen würde. Was immer er verlangt.

Es waren zwei Punkte, die Cathi in der Finsternis wahrnahm. Zwei gelbe Funken, die manchmal gleichzeitig verloschen und gleich darauf wieder aufleuchteten. Sie kamen näher.

„Lilith?", fragte sie. So hieß die Katze, die er hier auf dem Dachboden gesucht hatte.

„Nein", sagte er. "Mein Name ist Levi."

„Du hast gesagt, dein Name ist Christian", sagte Cathi. Zweifel überkamen sie plötzlich, ob es wirklich Azarian war, dessen Atem sie jetzt spürte.

„Ich habe viele Namen", sagte er. „Christian ist der letzte. Diese Verrückten haben mich sogar getauft."

„Im Telefonbuch steht auch Azar", sagte Cathi.

„Es bedeutet der Mächtige."

„In welcher Sprache?" fragte Cathi.

„Arabisch."

„Bist du nun Armenier, Jude oder Araber?"

„Das kommt darauf an, wer etwas von mir will", sagte er. Seine Stimme klang amüsiert.

Cathi spürte, wie er das Tuch wegnahm, das um ihren Körper geschlungen war, damit sie hier auf dem Dachboden nicht zu sehr verstaubte. Er holte sie wohl wieder für Rachmanns Auftritt. Für den Trick mit den Messern. Er holte sie wieder aus der Finsternis.

„Und wenn ich etwas will...", flüsterte sie.

„Du bietest noch zu wenig", sagte er.

Sie schwieg.

Sie sah ihn vor sich. Er trug diesen Handschuh aus weichem Leder und darunter sickerte Blut hervor. Fast zärtlich strich er über ihre Glieder, wischte den Staub weg, die winzigen Körnchen, die in ihrer Armbeuge und in der Grube hinter ihrem Schlüsselbein lagen. Er hinterließ eine Blutspur auf ihrer Haut.

„Du verlangst zu wenig", sagte sie.

„Du sollst es freiwillig tun. Von selbst. Du sollst nicht darauf warten, bis jemand es verlangt, bis jemand dir droht. Bis du gezwungen wirst, es zu tun. Die perfekte Marionette zieht selbst an den Fäden."

Er hob sie vom Haken, er stellte sie auf den Boden, er lehnte sie mit dem Rücken an den senkrechten Pfosten des Dachstuhles. Dann ließ er ihren Körper los und trat einen Schritt zurück. Sie schwankte.

Sie war nackt. Er trug jetzt diese grünen Handschuhe mit den Krallen. Das schuppennarbige Schlangenleder mit den harten, hornigen Fortsätzen. Krallen, so spitz und scharf wie Rachmanns Dolche.

Sie griff nach diesen Händen, bedeckte damit ihr Gesicht und drückte die Krallen in ihre Stirn. Wie Nadeln drangen die Krallen in ihre Haut, bis auf die Knochen. Sie spürte, wie das Blut herunter rann, über ihre Augenbrauen, ihre Schläfen, und wie diese Hände in ihr Blut griffen. Sie legte langsam den Kopf in den Nacken und zog die Hände über ihr Gesicht abwärts. Über die Augen, über die Wangen, übers Kinn. Bis die Hände ihren Hals umfassten. Jede der Krallen hatte tief in ihre Haut geschnitten.

Sie sah ihn nicht mehr, denn ihre Augen waren voll Blut. Es war wieder dunkel um sie, aber sie hatte Halt gefunden. Seine Klauen hielten sie fest.

Sie stand da, sie presste seine Hände gegen ihren Körper, und seine Klauen zerfleischten sie. Alles klebte von Blut. Sie hielt sich am Dachbalken fest, während der Arm mit der Schlangenhaut und den grässlichen Dolchen sich langsam bohrend in ihre Eingeweide grub.

Sie schrie.

Sie hörte sich selber schreien und sie wusste, dass es der grauenvolle Schrei des Pfaus war.

Der Schrei zerstörte ihre Kraft. Sie taumelte, sie sank zurück, sie lag willenlos in einem Haufen aus hölzernen steinernen ledernen künstlichen Körpern, ausgemergelt und dem Verrotten preisgegeben.

Sie rang nach Atem.

Sie spürte das Laken unter sich. Es fühlte sich sauber an, frisch und kühl wie das Leintuch auf einem frisch überzogenen Bett. Es gab keinen Staub und keine Sandkörner da, keine Spinnweben, keine Späne, keine zerkrümelten Mauerbrocken. Auch die eingetrockneten Blutflecken, die das Laken steif und rau machten, konnte Cathi nicht ertasten. Es gab sie nicht mehr. Cathi lag nicht nur auf diesem Tuch, sie war auch zugedeckt damit, es war über sie gebreitet, sie fühlte die Kühle auch auf der Stirn und den Wangen. Ihr ganzer Körper war damit bedeckt.

Sie dachte an den Tod, aber sie erschrak nicht dabei. Das Leben war ein unbedeutender weißer Fleck in einem schwarzen, leeren Universum. Ein winziger

Funken in der Finsternis, der nach einem Augenblick verglühte.

Sie öffnete die Augen.

Der Raum war hell, weiß ausgemalt, und an der Decke sah sie die Reste von Stuckornamenten. Sie sollte auch davon Fotos machen für Albert. Man kann die Decke bestimmt reparieren, hätte Albert gesagt.

Cathi drehte den Kopf zur Seite. Der Raum war fast leer; da stand nur ein Stuhl neben dem Bett und auf dem Stuhl saß Christian Sebastian Azarian. Leviathan.

Sie sah die Hand mit dem Handschuh. Es gab keine Schuppen und keine Klauen daran. Es war ein einfacher schwarzer Handschuh und er reichte nur bis zum Handgelenk. Die nackten Arme lagen entspannt über Azarians Oberschenkel; er hatte den Oberkörper leicht vorgeneigt und die Hände - die mit dem Handschuh bedeckte und die bloße - baumelten locker zwischen seinen Knien. Er schaute Cathi an und sagte kein Wort.

Es war sein Schlafzimmer. Es war sein Bett. Das kahle Zimmer und das armselige Bett, von denen Cathi glaubte, dass sie sein Schlafzimmer und sein Bett waren.

Cathi hob langsam den Kopf. Ein sonderbares Gefühl durchdrang sie, ein Gefühl der Müdigkeit und der Erregung zugleich. Sie spürte noch die Krallen in ihrem Schlund. Den Ekel, der ihr hochgestiegen war. Sie versuchte, die Erinnerung abzuschütteln. Schlangen haben keine Arme, keine Klauen, keine Krallen, sagte sie sich. Sie öffnete den Mund, bewegte die Zunge hin und her, befeuchtete ihre Lippen. Kein Staub, kein Geschmack nach Dachboden.

„Sie sind nur eingeschlafen", sagte Azarian. Er schien zu lächeln.

„Eingeschlafen? Das gibt es nicht!" Cathi stützte ihren Oberkörper auf die Ellbogen. Sie war noch nie ohne erkennbare Ursache an einem helllichten Vormittag eingeschlafen.

„Ich habe nicht die Symptome einer Ohnmacht festgestellt", sagte Azarian, „oder einer Kreislaufschwäche."

Ach ja, er war Arzt. Er wusste alles und er hatte immer recht. Aber ehe wieder der Ärger über seine Arroganz in ihr hochstieg, erinnerte sie sich. Die perfekte Puppe tut alles von selbst.

„Sie haben mich untersucht?"

„Nur den Puls und die Bewegung Ihrer Augen."

„Und dazu haben Sie mich ausgezogen?"

„Ich habe Sie ausgezogen, weil Sie voll Blut waren. Auch die Jeans und Ihr Slip. Es war meine Schuld. Ich hätte Sie mit meiner blutenden Hand nicht anfassen dürfen - nicht umarmen."

Umarmen? Er hatte ihr die Krallen ins Fleisch gehakt, Krallen wie Dolche, er hatte ... Nein, er hatte nicht. Und doch hatte Cathi immer noch den Eindruck, seine Hände auf der Haut zu spüren. Nur das Leintuch kühlte die Stellen.

„Da ist etwas drin gewesen, nicht wahr?", sagte sie kühn.

„Worin?" – Er schien sehr wohl zu wissen, was sie meinte.

„Ein Schlummertrank", sagte sie und versuchte, mit einem alles durchdringenden Blick in seine Seele zu schauen. Irgendetwas machte sie heiter. Die Katze, die auch in der Dunkelheit manchmal die Augen zudrückte, das Erlöschen der Funken und das Wiederaufleuchten. Es war komisch.

Er saß da und zuckte mit den Achseln. „Auch ich habe davon getrunken."

„Ich habe noch nie gehört", sagte sie, „dass eine Schlange an ihrem eigenen Gift eingegangen wäre." Sie sagte es so lässig, so unüberlegt und treffend, dass sie begann, sich selbst zu bewundern. Sie hätte sich ungemütlich fühlen sollen, aber sie fühlte sich wohl. Sie hätte vor Angst zittern sollen, aber sie trotzte ihm und fand Spaß daran. Sie spielte. Sie war fähig zu spielen.

Azarians Lachen gab ihr recht.

Sie dachte an Albert, der nahe daran war durchzudrehen, an jene seltsamen, unglücklichen Zufälle, die sich in letzter Zeit zu häufen schienen. Aber anstatt sich zu fürchten war Cathi erheitert. Sie musste versuchen, in diesem Spiel mitzuhalten, solange ihre Stimmung anhielt. Vielleicht hätte sie doch das Bogenschießen ausprobieren sollen. Azarian hing an der Zielscheibe und Cathi traf ihn in den Hals.

„Sie versuchen mit vielen Mitteln, mich zu fangen", sagte sie lächelnd.

„Im Traum vielleicht", gab er zur Antwort. „In der Phantasie."

„In meiner Phantasie oder in Ihrer?"

Gelegenheit zu einem Geständnis, blitzte es in ihr auf. Aber leider auch zu einer Abfuhr. Na und? Er war auch nur ein Mann. Irgendwann würde er gestehen.

Er wandte den Kopf zur Seite. „Vielleicht in Rachmanns Phantasie", sagte er dann. Das war weder ja noch nein. Das war eine dritte Möglichkeit.

Er lächelte nicht mehr.

„Du würdest nach dem Ende der Vorstellung wieder auf dem Dachboden landen", sagte er, „und ich würde mir eine andere Frau ins Bett holen."

Er drehte sich um und ging. Er durchquerte das leere Zimmer, und als er die Hand auf die Türklinke legte, fragte Cathi: „Warum gehst du jetzt?"

Er wandte ihr kurz das Gesicht zu. „Ich hole deine Sachen."

Als die Tür hinter ihm ins Schloss fiel, erschrak Cathi. Das scharfe Geräusch brachte ihr die Wirklichkeit ins Bewusstsein. Die Wände waren kahl, das Fenster war vergittert und die Tür sah aus wie die Tür eines Gefängnisses. Das Kreuz, das an der Wand hing, war schon immer ein Galgen gewesen.

Cathi schob das Leintuch zur Seite und stand auf. Wenn sie an der Tür probieren würde, könnte sie feststellen, dass sie eingesperrt war. Sie unterließ es daher zu probieren. Sie ging ans Fenster und schaute hinaus. Da lag der Garten vor ihr, die Büsche, wo sie dem Pfau begegnet war, und hinter den fernen Bäumen schimmerte das Weiß der Mauer. Die Mauer mit dem Stacheldraht. Der Garten war der Hof dieses Gefängnisses. Der

Schießstand jenseits des Narzissenfeldes war die Hinrichtungsstätte.

Warum war sie eingeschlafen? Es war bestimmt kein Schlafmittel in diesem Obstsaft gewesen, sie würde es spüren. Sie würde nicht nach einer Stunde wieder aufwachen und sich frisch und munter aufs Fensterbrett setzen. Und mehr als eine Stunde konnte nicht vergangen sein. Die Sonne stand noch nicht einmal im Süden. Oder aber – sie hatte einen ganzen Tag verschlafen. Vierundzwanzig Stunden.

Cathi lachte und schüttelte den Kopf. Sie hätte Hunger, wenn es so wäre.

Azarian holte nur ihre Sachen.

Aber warum ließ er sie nicht mitspielen in seinem Traumgebäude? Sie hatte sich nicht beklagt über seine Spielregeln.

Die Tür ging auf und Azarian erschien. Er legte die frisch gewaschenen und gebügelten Sachen behutsam auf den Sessel und Cathis Armbanduhr legte er obenauf.

Er selbst trug nur die schwarze Hose und den Handschuh, unter dem der Wundverband hervorlugte. Er kam auf das Fenster zu. Das Tageslicht fiel auf sein Gesicht und machte die Haut hässlich. Wie auf einem überbelichteten Foto.

Cathi wollte ihm ausweichen, aber er trat ihr in den Weg.

Seine Augen schienen gelblich grün und das Fenstergitter spiegelte sich in ihnen. Er blickte Cathi schweigend an und wartete. Worauf? fragte sie sich. Sie konnte nicht mehr als nackt vor ihm stehen, sie konnte ihn nicht anschmachten mit offenem Mund und offenen Beinen. Sie konnte nicht seine Hände an ihre Schläfen legen, um ihren Hals, an ihre Brust. Sie konnte es nicht. Noch nicht. Sie war noch keine Puppe, die selbst an ihren Fäden zog.

Das Gitter in seinen Augen ließ ihr keinen Ausweg.

Der Test

Reinhard wollte diesen Job.

Beim Abschied streckte seine Frau den Daumen in die Höhe und wünschte ihm viel Erfolg. Auch der Sohnemann, der auf den Armen der Mutter saß, reckte den Daumen himmelwärts, ohne allerdings zu wissen, was das Zeichen bedeutete.

Die Firma hatte Reinhard zu diesem Psycho-Test geladen, die wollten nur geeignete Mitarbeiter in die Führungsetage des Baukonzerns berufen. Reinhard hatte sich im Internet über einige solcher Tests schlau gemacht, er wusste ungefähr, was auf ihn zukam. Da mussten die Probanden zum Beispiel im sogenannten Straßenbahn-Dilemma die richtige Entscheidung treffen. Durch Umstellen einer Weiche konnte die Testperson entscheiden, ob die Straßenbahn über eine eingestürzte Brücke ungebremst auf den Abgrund zurollte oder auf einem Nebengleis langsam ausrollte. Der Haken daran war, dass sich auf dem Nebengleis eine alte Frau der Weiche näherte, die das Gleis als Fußweg benützte. Die Kaltblütigkeit eines Psychopathen war gefragt.

Reinhard setzte sich in die Testkabine, ein Mitarbeiter erklärte ihm, welche Tasten er zu drücken und welche Hebel er zu betätigen habe; die Fragen und alles andere würden rechtzeitig auf dem Bildschirm erscheinen.

Er saß an den Schalthebeln eines Baggers, der am Rand einer Baugrube Schotter von einer Seite auf die andere schaufeln sollte. Steuerknüppel nach links bedeutete Schotter links abladen, Steuerknüppel nach rechts bedeutete Schotter rechts abladen.

Sie können jetzt die Umgebung der Baustelle betrachten, erschien auf dem Bildschirm, Cursortaste links bedeutet Panoramablick links herum, Cursortaste rechts bedeutet Panoramablick rechts herum.

Es war eine Baustelle in hügeligem, freiem Gelände, Zufahrtsstraßen für Baufahrzeuge umgaben die tiefe Baugrube. Wo die Straße nahe an der Grube vorbeiführte, trennte ein Bauzaun die Fahrbahn von der Tiefe. Eine Straße endete abrupt am Abgrund. Keine alte Frau weit und breit. Als der Panoramablick rechts herum die Gegend hinter dem Bagger erfasst, entdeckte Reinhard ein schweres Fahrzeug, das sich in einer Staubwolke näherte. Genau auf der Straße zur Grube.

Das Fahrzeug kam näher, es musste ein Bus sein. Klar, anstelle der Straßenbahn ein vollbesetzter Autobus, was sonst. Die Schotterladung auf die Straße kippen, damit der Bus nach links ausweichen muss! Auch wenn er schleudert. Auch wenn er sich in den Schotterhaufen bohrt. Reinhard wusste, was er zu tun hatte.

Das Panoramabild schwenkte zum Bauzaun. Da bewegte sich etwas, ein Hase oder sonst ein Tier rutsche den Hang herunter, genau auf die Straße mit dem schützenden Bauzaun zu. Erst als auf dem Hügel eine Frau auftauchte, die winkte und schrie, die sich überschlug, wieder aufsprang und weiter schlitterte, der Straße zu, da wusste Reinhard, dass es ein Kind war.

Alles nur ein Test ...

Der Bus kam ungebremst näher.

Reinhard drückte den Steuerknüppel nach links. Die Stahlteile des Baggers ächzten, der Schotter schwang über Reinhard hinweg, donnerte links von ihm auf die Fahrbahn. Der Ausschnitt auf dem Bildschirm erzitterte, Staubwolken verschlugen Reinhard den Atem.

Während sich alles um ihn herum zu beruhigen schein, quietschen hinter ihm die Bremsen. Geröll spritzte auf die Testkabine, der Bus schleudert knapp daran vorbei. Das Fahrzeug tauchte auf dem Panoramabild auf, schlitterte über die Schotterpiste, drehte sich, raste mit dem Heck voraus auf den Bauzaun los. Ein Bus mit vierzig Menschen ... er blieb im Bauzaun hängen, riss den Zaun aus der Verankerung, kippte langsam um. Wenige Meter vom Abgrund entfernt blieb er liegen.

Auf dem Panoramabild schlugen die Verunglückten die Scheiben ein, kletterten aus dem Bus, halfen anderen, zogen sie aus den Fenstern ... das Kind und die Frau waren nirgends zu sehen.

Reinhard wischte sich den Schweiß von der Stirn, während er aus der Testkabine stieg. Der Mitarbeiter sagte nur: „Danke, Sie hören von uns."

Schon von weitem sah Reinhard den umgestürzten Bus vor seinem Haus liegen. Polizisten und Sanitäter versorgten die geretteten Insassen, ein Rettungswagen drehte auf der Straße um und brachte Verletzte weg.

Ein Polizist kam auf ihn zu. „Sind Sie Reinhard Wallner?"

Reinhard nickte.

„Es tut mir leid", sagte der Polizist. „Ihre Frau und ihr Kind werden gerade weggebracht."

Der Anruf der Firma kam zwei Stunden später. Reinhard hatte den Test nicht bestanden.

Die Frau im Zug

Fred schlenderte den Bahnsteig entlang. Beim rollenden Zeitungs- und Bücherstand suchte er nach einer geeigneten Reiselektüre und kaufte schließlich Conan Doyles „Der Hund von Baskerville". Als er seinen Weg zu den vorderen Waggons fortsetzen wollte, geriet er in eine Gruppe von Männern, die heftig auf eine Frau einredeten. Sie stand – ganz in Schwarz gehüllt, nur ein schmaler Schlitz gab ihre Augen frei – stumm und reglos in der Mitte der Gruppe. Einer der Männer drohte mit einer Armbewegung, ein großer Hagerer mit schwarzem Haar stieß ihn zurück. Fred schlüpfte zwischen den Streitenden hindurch und beeilte sich, den vorderen Teil des Zugs zu erreichen. Er hörte jedoch, dass die Auseinandersetzung eskalierte. Befehle, Kommandotöne, Pfiffe. Griff das Bahnhofspersonal ein?

Während Fred die Stufen zum Wagon hinaufstieg, blickte er zurück. Der Hagere hatte die Frau an der Seite gepackt, schob sie vor sich her. Die beiden näherten sich rasch. Fred drückte seine Reisetasche an sich und suchte sich einen Platz.

Der Zug rollte an und verließ Bologna, ohne dass das seltsame Paar an Freds Platz vorbeigekommen wäre.

Über der großen Ebene löste sich die Sonne aus den morgendlichen Nebeln. Fred machte es sich auf seinem Sitz neben der Tür bequem und begann zu lesen. Er hatte die den Roman vor gut zwanzig Jahren gelesen und erinnerte sich, dass Doyles gespenstischer Hund ein echter Hund gewesen war, kein übernatürliches Ungeheuer, wie es zunächst schien. Stapleton -oder so ähnlich - hieß der Schurke, der den Hund dressiert hatte.

Ein Schatten fiel auf die Buchseiten. Das Paar stand vor dem Abteil und der Mann öffnete die Tür. „Guten Tag. Sind hier zwei Plätze frei?", fragte der Fremde auf Deutsch.

Der große, hagere Mann trug Turnschuhe und Jeans und eine gut geschnittene Lederjacke. War es tatsächlich das Paar vom Bahnsteig? Fred nahm die Füße vom gegenüberliegenden Sitz und verstaute seine Tasche im Gepäcksfach. Die Frau war ebenfalls groß und schlank, soweit Fred das beurteilen konnte. Sie war bekleidet - nun, es sah aus wie die Tracht einer Beduinenfrau, samt schwarzem, um den Kopf gewundenem Tuch.

Der Fremde überließ der Frau den Fensterplatz, wo sie sich mühsam hinsetzte und seltsam bewegungslos und schweigend verharrte. Der Mann setzte sich neben sie und sagte etwas in einer fremden Sprache zu ihr, aber nichts verriet, ob die Frau ihn verstanden hatte, falls überhaupt Verständnis notwendig war.

Fred vertiefte sich wieder in seinem „Hound of Baskerville". Oder gab vielmehr vor, sich darin zu vertiefen. Zwischendurch warf er immer wieder einen Blick auf sein Gegenüber. Der Unbekannte las in der Financial Times, und auch er hob manchmal den Kopf, blickte zum Fenster. In solch einem Moment stellte Fred fest, dass die schmalen, tief liegenden Augen des Mannes grün waren, grün wie die Wiesen, die draußen vorüberzogen. Die Augen seiner Begleiterin wirkten stumpf, nicht einmal die Landschaft spiegelte sich in ihnen. Die Frau schien auch nichts von ihrer Umgebung wahrzunehmen. Ihr Blick haftete an einem imaginären Punkt in einer fernen Welt.

Die beiden führten keine Gepäckstücke mit sich, wenn nicht das, was unter dem Mantel oder Umhang der Frau verborgen und reglos auf ihrem Schoß ruhte, eine Handtasche war. Fred konnte auch nicht schätzen, wie alt sie war ... vielleicht achtzehn, vielleicht fünfunddreißig. Er widmete sich wieder dem Buch.

Stapleton, der Schurke, war in Freds Buch noch nicht aufgetaucht. Fred stand auf, legte das Buch auf den Sitz, trat hinaus auf den Gang. Vielleicht würde sich der Mann in Freds Abwesenheit der Frau zuwenden, vielleicht mit einer Geste oder einem einzigen Wort. Mit einem Kopfnicken, einem Lächeln. Fred betrachtete die morgendliche Landschaft. Die Masten der Oberleitung sausten vorüber und in der Ferne verschwand eine Straße im Dunst. So oft Fred jedoch aus den Augenwinkeln heraus zu dem ungleichen Paar hinüberschaute, bot sich ihm das gleiche Bild. Der Fremde las Zeitung und die Frau starrte vor sich hin.

Fred ging zurück ins Abteil und nahm wieder Conan Doyle zur Hand, versuchte zu lesen, blätterte, suchte nach einer Stelle, an die er sich erinnerte. Stapleton jagte einen Hund durchs Moor, den er mit Leuchtfarbe und angeklebten Fellteilen in einen Geisterhund verwandelt hatte. Die Bewohner der Gegend hielten das Tier für ein Monster aus dem Jenseits.

Der Schaffner öffnete plötzlich die Tür.

„Buon giorno. I biglietti, per favore.“

Der Fremde griff in die Jacke. Die Frau schien den Schaffner nicht zu sehen. Der Schaffner studierte die Fahrkarten und warf er einen kurzen Blick auf die Frau.

„Sua moglie?“ fragte er freundlich.

„Si, mia moglie – meine Frau“, sagte der Fremde. „Ma e handicappata.“

„Voi destinati a Vienna? – Sie fahren nach Wien?“

„Forse. – Vielleicht.“

Der Schaffner kontrollierte auch Freds Fahrkarte und nickte freundlich. „Buon viaggio“, sagte er, ehe er verschwand.

Sie schien nicht einmal wahrgenommen zu haben, dass die Männer Worte gewechselt hatten. Reglos wie eine Kleiderpuppe saß sie da. Sie schloss für kurze Zeit die Augen, das einzige Lebenszeichen, das Fred an ihr wahrnahm. Ihre aufrechte Haltung zeigte keinerlei Entspannung. Der Kopf schwankte nicht für den Bruchteil einer Sekunde.

Das war es also: sie war handicappata - behindert.

Der Fremde legte mit routinierter Sorgfalt die Fahrkarten in einen der beiden Reisepässe, die er in der Hand hielt, und schob sie zurück in seine Jacke, ohne auch nur einen einzigen Seitenblick auf die Frau zu werfen. Fred durchzuckte der Gedanke, dass hier etwas vor sich ging, das völlig anders war, als es schien. Die Hände des Mannes waren schlank, aber kräftig. Die

Bewegungen geschmeidig und sicher. Nur auf den ersten Blick schien das Gesicht von jugendlicher Offenheit. Der Mann war mindestens fünfundvierzig, vielleicht auch älter. Harte Züge prägten seine Mundwinkel. Die Augen blickten plötzlich verschlagen, und Fred dachte an Betrug und Gewalt. Es war vermutlich keine Vergnügungsreise, die die beiden unternahmen. Auch keine Geschäftsreise, so in Turnschuhen, Jeans und lederner Designer-Jacke, und mit einer sprachlosen, apathischen jungen Frau. Keine Schmuggelreise, auch wenn man unter dem Mantel der Frau Hunderte Diamanten verbergen konnte. Oder massenhaft Rauschgift. - Vielleicht war es das! Vielleicht stand die Frau unter Drogen. Der stumpfe Blick, die steife Haltung, die sie vielleicht nur mit äußerster Mühe bewahrte ... Behindert? Behindert von Dutzenden kleinen Säckchen voll Heroin, die sie in der Beduinentracht eingenäht trug. Aber sie machte nicht den Eindruck einer Schmugglerin, bereit zu rennen oder sich zu verteidigen, wenn la polizia sie erwischte.

Der Fremde strich seine Zeitung glatt, wandte das Gesicht der Frau zu und sagte etwas, wieder in dieser unbekannten Sprache. Für Fred klang es bedrohlich. Die Frau zeigte wie schon früher keine Reaktion. Der Mann erwartete offensichtlich auch keine.

Fred lehnte sich zurück, entspannte sich, so gut er konnte, und seltsamerweise fühlte er sich erleichtert, jetzt, wo der Mann weg war. Er schloss die Augen. Manchmal blinzelte er mit dem rechten Auge, um die Frau zu beobachten. Aber er bemerkte keine Veränderung. Vielleicht war die Frau gelähmt. Womöglich litt sie unter Epilepsie. Vielleicht brachte der Mann sie zu einem Arzt, in eine Klinik. Es konnte durchaus sein, dass sie auch geistig behindert war. Fred tat es bereits leid, sie als Rauschgiftschmugglerin eingeschätzt zu haben. Behindert? Wodurch behindert? Was verdeckten die schwarzen Tücher?

Das eintönige Rattern des Zugs vermittelte keine Antwort. Fred legte sein Buch zur Seite, seine Hand sank auf den Sitz.

Er erwachte, als die Tür gegen den Rahmen schlug.

Der Mann trug einen Becher in der Hand und ein Sandwich, von dem er bereits abgebissen hatte. Fred richtete sich wieder auf und zog die Beine an.

„Danke. Platz genug", sagte der Mann. Er stellte das Getränk auf die kleine Ablage beim Fenster, genau vor die Augen seiner Begleiterin, setzte sich und aß das Sandwich. Als er auch den Becher geleert hatte, warf er ihn samt der Papierserviette in den Abfallbehälter unter dem Fenster. Nichts deutete darauf hin, dass er sich jetzt um die Bedürfnisse der Frau kümmern würde.

Es war der Mann, der sie im Stich ließ! Der kommandierte, der sie herum schob, der ihr Aufmerksamkeit und Hilfe verweigerte! Fred durchzuckte der Gedanke, dass sie behindert war, weil der Mann es so wollte! Er bestimmte über sie, er hatte die Macht! Bewegungslos und schweigend? Weil er es so wollte. Die Tücher verbargen nicht einen Krüppel, die Tücher verbargen das Opfer eines ... Verbrechers.

Der schwarze Umhang aus schwerer Baumwolle mit dem eingewebten Muster und verknotet - ein Käfig. Die Gestalt, die darunter verborgen war - eine Gefangene.

Und wenn Fred sich irrte? Unterm Saum, der in kantigen Falten auf dem Boden des Abteils aufstand, ragten altmodische, schwarze Schnürschuhe aus Leder hervor. Verhinderten diese Schuhe, dass die Frau nur schwerfällig gehen konnte? Stachen Nägel in die Fußsohlen der Frau?

Draußen war heller Vormittag. Die Felder standen teilweise unter Wasser und glitzerten. In der Ferne ragten die Umrisse der Berge in den Himmel. Der Zug rollte in Richtung Venedig.

Als sie im Bahnhof hielten, erhob sich der Fremde und stellte sich breitbeinig in die Tür, um zu verhindern, dass sich Leute, die jetzt zustiegen, ins Abteil zwängten. Fred legte seine Jacke auf den freien Sitz neben sich, griff nach seinem Buch. Als der Zug weiterfuhr, war alles wieder wie zuvor. Der Mann las in seiner Zeitung, die Frau rührte sich nicht. Fred wollte nicht länger an das Mögliche denken. Venedig! Kanäle, Gondeln, Palazzi! Er dachte an die Masken, die während der Karnevalszeit Venedig bevölkerten. An die bunten Gestalten, die in üppige Gewänder gehüllt und hinter weißen Masken verborgen durch die Gassen drängten und die weder Geschlecht noch Stimmung verrieten. Nur in den mandelförmigen Ausschnitten zwischen den Lidern der Karnevalsmasken glitzerten Augen, lachten, rollten, manchmal glänzten auch Brillen. Venedig war erfüllt von Theater und Täuschung, von Tod und Teufel, doch irgendwann fielen die Masken.

Die Augen dieser Frau jedoch schienen tot.

Die leise, wohltönende Stimme unterbrach Freds wirre Gedanken: „Sie empfindet nichts." Ein Lächeln zuckte durch das Gesicht des Fremden.

Hatte der Fremde ihn beobachtet, seine Gedanken erraten? Fred nahm sich zusammen, aber seine schweiß-nassen Hände glitten am Cover seines Buches ab. „Ist sie – blind?"

„Und taub."

Fred fühlte sich elend, er schämte sich, er wünschte, die Frage wäre ihm nicht entschlüpft. Sein Magen zog sich zusammen, er wagte nicht länger hinzuschauen. Für eine Weile verließ er wieder das Abteil, schwankte durch den Gang in der Hoffnung, wenn er wieder eintreten würde, wären Mann und Frau verschwunden. Oder rissen sich die Masken herunter und lachten und umarmten einander wie nach einer durchtanzten Karnevalnacht. Oder zumindest das Leben wäre in die Augen zurückgekehrt. Er entschloss sich, bis ans hintere Ende des Zuges zu gehen, um die Füße zu vertreten und sich zu entspannen. In Venedig war der hintere Teil des Zuges abgehängt worden, durch die verglaste Verbindungstür sah Fred jetzt die Gleise.

Als er wieder das Abteil betrat, saß der Fremde leicht zur Seite gedreht und zog gerade die Hand aus den Falten des schwarzen Mantels. Er hatte die Frau berührt ... Der Glanz in den Augen war nicht zurückgekehrt. Im

Gegenteil, das Grau war einer dunklen Leere gewichen. Eine Maske, hinter der sich nichts mehr verbarg.

„Und sie leidet an Paranoia."

Fred rutschte auf seinen Sitz zurück und suchte nach einer bequemen Stellung. Wozu sprach der Mann jetzt solche Dinge aus? Diesmal hatte Fred ihn nicht gefragt. Außerdem entdeckte er den Widerspruch: empfand sie nichts oder litt sie? Wenn sie nichts empfand, konnte sie auch an nichts leiden. Oder?. Verfolgungswahn! Die Leute fühlen sich verfolgt, bedroht. Sie glauben bei jeder Gelegenheit, dass man ihnen übel will. Oder sie glauben bereitwillig an Geister, die sie verfolgen. Oder Geisterhunde ... Vielleicht litt er selbst schon an Verfolgungswahn.

Die Frau ... er schaute immer wieder hin. Ihre Augen waren nichts als Ausschnitte in einer hohlen Maske, hinter der nur Leere lag.

„Sie hält mich für den Teufel."

Fred krallte seine Finger in den Buchdeckel. Er nickte rasch, aber die seltsame Aussage drang ihm nur langsam ins Gedächtnis. Später gestand er sich ein, dass er in diesem Augenblick blöd gelächelt haben musste.

Es war immerhin das erste Mal, dass er dem Mann mehr Beachtung schenkte als der Frau.

Sie saßen einander lange schweigend gegenüber. Schließlich überlegte Fred, ob er sich nicht doch einen anderen Platz suchen sollte. Aber die anderen Abteile waren jetzt belegt. Venedig hatte einen Teil seiner Touristen freigegeben. Er stand auf.

„Mir wäre recht, wenn Sie bleiben würden."

Diese sanfte, tiefe Stimme. Fred nickte und setzte sich wieder.

Allmählich veränderte sich die Landschaft. Das Meer und die weiten Ebenen waren verschwunden, die Berge rückten näher. Das Grün gewann an Kraft. Die Sonne schien auf das Gesicht der Frau oder vielmehr auf den schmalen Streifen, der sichtbar war. Auf die Augenbrauen und den oberen Rand der Wangen, auf die Lider, die den Blick in ein Nichts freigaben. Das Einzige, was glitzerte und Leben verriet, waren winzige Schweißtropfen auf der weißen Haut.

Fred versuchte, den Vorhang etwas vors Fenster zu ziehen, aber der Zug fuhr durch eine Kurve und die Sonne beschien noch immer das Gesicht der Frau.

„Sie ist zufrieden", sagte der Fremde.

Draußen donnerte ein Gegenzug vorbei. Der Mann hob aufmerksam den Kopf und öffnete ein wenig den Mund, als gäbe es etwas zu lauschen. Ein Geräusch vielleicht, das Fred im Lärm nicht vernahm. Lichtreflexe und Schatten sausten über das hagere Gesicht. Als das Vibrieren von Metall und Glas verebbte und der Zug verschwunden war, da glichen seine Augen im Sonnenlicht für den Bruchteil einer Sekunde denen der Frau.

Fred durchzuckte der Gedanke, dass nichts diesem Abteil völlig normal war, er selbst eingeschlossen.

Der Mann betrachtete seine Hände. Vielleicht war es nur die Erschütterung des Zuges, die den Eindruck hervorrief, dass sie zitterten. Auch der Körper der Frau bebte, aber bei ihr sah es aus, als zitterte ein dürrer Zweig.

„Je mehr sie mir die Schuld an allem Übel geben kann, desto zufriedener ist sie."

Das Unbehagen, dem Fred entgehen wollte, wuchs. Er überlegte, ob er nicht trotz der Bitte des Mannes gehen und sich einen anderen Platz suchen sollte. Aber als er sich aufraffen wollte, fühlte es sich an, als drücke ihn eine Faust zurück in den Sitz. Als hindere ihn eine unbekannte Macht, sich zu bewegen.

„Keine Angst, ich werde Sie nicht weiter belästigen."

„Oh, nein! Das macht nichts", log Fred. Er konnte nicht anders.

Der Schaffner kam, warf einen Blick durch das Glas der Abteiltür und ging weiter. Zwei Minuten später kam er wieder vorbei und verschwand in der Fahrtrichtung.

Nichts weiter geschah. Nach einer Weile – ganz unerwartet für Fred - erhob sich der Fremde und half der Frau auf die Beine. Er fasste sie an der Seite, wo der Umhang ihren Arm verbarg, und schob sie langsam durch die Tür. Sie konnte unbestreitbar nicht auf eigenen Füßen gehen. Selbst ihre Schritte waren von der Hand des Mannes erzwungen, als wäre sie nur ein Skelett. Gemeinsam gingen sie ans Ende des Zuges, wo er die WC-Tür öffnete und mit ihr in dem Raum verschwand.

Fred behielt den Gang im Auge. Der Schaffner war längst nicht mehr zu sehen, Gang war jetzt leer. Die Leute saßen wohl alle zufrieden auf ihren Plätzen. Das einzige, was von dem Paar noch im Abteil lag, war die Zeitung. Fred fragte sich, wie viel der Fremde davon wohl gelesen hatte. Bestimmt mehr als Fred von seinem „Hund von Baskerville". Es dauerte lange, bis die beiden zurückkehrten. Die Frau sah noch klappriger und hinfälliger als vor einer halben Stunde. Was unter der Hülle noch vorhanden war, zitterte und schien verkrampfter als zuvor. Fred hielt den beiden die Tür auf. Der Mann ließ sie auf ihren alten Platz hinsetzen, ordnete den schwarzen Umhang und schob mit der Spitze seiner Turnschuhe ihre Füße zurecht. Da glaubte Fred trotz des Lärms, den der fahrende Zug verursachte, ein Klicken gehört zu haben.

Das Gesicht nur Maske? Die Gestalt ein Gerippe? Das konnte nicht wahr sein!

Bewegte sich hier eine Marionette? Eine Maschine?

Paranoia? Der Fremde hatte es mit einem entschuldigenden Lächeln so genannt. Aber was war da draußen geschehen?

Fred spürte, wie der Schweiß die Wirbelsäule und das Brustbein entlang hinunterkroch und sich entlang des Hosenbundes staute. Ein heißes Bad könnte ihn aus der Beklommenheit erlösen, aber er war in einem Zug gefangen, der noch mindestens vier Stunden unterwegs sein würde. Der Fremde hatte ihn ersucht, im Abteil zu bleiben. Was ihn aber tatsächlich hier festhielt, war eine Macht, die er sich nicht erklären konnte. Oder war es doch nur die Gewissheit, einem Betrug auf der Spur zu sein. Handicappata!

Anscheinend ein Dealerpärchen, das unter einer perfekten Tarnung Drogen transportierte? Fred hatte diesen Gedanken längst aufgegeben. Aber jetzt war er wieder da, dieser Gedanke. Allerdings war es kein Paar, wenn man nicht Mann und Maschine als Paar bezeichnen wollte. Doch Frau oder Marionette, was konnte er schon gegen einen Verbrecher ausrichten?

Die Stunden vergingen und Fred fröstelte.

Auch als der Zug durch einen Tunnel fuhr, änderte sich in der Dunkelheit nur wenig. Nur dass jetzt die Hand des Fremden zwischen den Falten des Umhangs verborgen blieb. Als hätte er sie betatscht. Aber eine hohle Marionette betatschen? Die Maske ohne Augen schwieg.

Der Fremde glich allen Reisenden, die der Monotonie einer langen Zugsreise ausgesetzt sind. Paranoia, hatte er gesagt? Wie konnte eine Marionette an Verfolgungswahn leiden? Wie konnte sie ihn für den Teufel halten? Er selbst hatte diese Bemerkung gemacht. Der Mann war ein Lügner, ein Betrüger!

Als der der Zug sich endlich seinem Ziel näherte, holte der Fremde sein Handy aus der Jackentasche und wählte eine Nummer.

„Hallo, Hans. Wir kommen in einer halben Stunde an. - Ja. Es geht ihr den Umständen entsprechend gut." Das war alles.

Fred steckte sein Buch in die Reisetasche. Stapletons Hund war kein Geisterhund, Stapleton selbst ein gerissener Betrüger.

Erst als der Zug im Bahnhof zum Stillstand kam, erhob sich Fred. Er hatte gehofft, der Fremde und die Frau würden sich früher zum Aussteigen bereitmachen als er. Eine plötzliche, heftige Neugier bewegte ihn zu warten, um die beiden im Auge behalten zu können. Er hoffte insgeheim auf eine Erklärung, auf eine Antwort. Er wäre beruhigt gewesen, wenn ein Sanitäter mit einem Rollstuhl aufgetaucht wäre, um die Frau zum Krankenwagen zu bringen - als Beweis, dass er die ganze Zeit fantasiert hatte, sich die absurde Situation in seinem Dämmerschlaf im Zug nur vorgestellt hatte. Dass alles, was auf der Reise geschehen war, logisch erklärbar war.

Als der Fremde die Frau über die Trittbretter hinunter hob, war außer einem Eisenbahner, der den Zug abschritt, weit und breit niemand mehr zu sehen. Sie waren die letzten Reisenden aus dem letzten Waggon. Der Fremde ergriff die Frau in den Falten ihres Mantels, wie er es schon mehrmals getan hatte, und machte sich mit ihr auf den Weg zum Ausgang. Es schien, als schleppte er sie, als zwänge er sie zu großen Schritten. In Wahrheit trug er sie wohl mehr, sodass ihre Füße kaum den Boden berührten. Auf einer Wartebank ließ er sie niedersetzen.

Fred nahm all seinen Mut zusammen und fragte:

„Kann ich Ihnen helfen?"

„Wem? Ihr oder mir?"

„Ihnen beiden."

Da begann der Fremde laut zu lachen.

Er fasste ihren Körper, hob ihn hoch, drehte sich mit ihm wie ein Tänzer, wirbelte ihn herum, sodass der schwarzer Mantel wehte und flatterte und die Waggonwand streifte. Der graue Bahnsteig in der Dämmerung, der leere Zug, die Flugdächer auf Pfeilern, die aussahen wie Galgen, die Gepäckswägelchen, die dort aufgereiht standen wie lauernde Käfige, die Lampen, die in der Ferne rötlich gelb aufglühten, alles war plötzlich Kulisse für eine gespenstische Tanzszene. Das Gelächter hallte zwischen Boden und Stahldach, die schwarzen Schleier flogen hoch im Kreis, und niemand außer Fred war da, der es hörte und sah. Sie tanzten und drehten sich im Kreis und schallendes Gelächter begleitete den Tanz.

Das Licht der Bahnsteiglampen flammte auf, zerriss die Dämmerung, und er ließ sie los.

Verstrickt in den weiten Falten ihrer Tracht lag die Frau reglos auf dem Bahnsteig. Die Frau? Da war nichts, die Tücher lagen verstreut auf dem Boden, zwischen den zusammengesunkenen Stoffbahnen lugte eine weiße augenlose Maske hervor. Zwei Schnürstiefel lagen abseits. Als Fred sich auf dem menschenleeren Bahnsteig hilfesuchend umdrehte, stand der Fremde neben ihm und raunte ihm zu:

„Du kannst ihr nicht helfen. Denn ich *bin* der Teufel."

Und er beugte sich zu dem Haufen und packte die Fetzen, hob sie auf, als wäre da eine Figur, schüttelte sie, kickte die umgestürzten leeren Stiefel, sodass sie auf dem Pflaster stehen blieben. Die schwarzen Fetzen schwebten über die Schuhe hinweg.

Fred hoffte, der Spuk möge ein Ende nehmen.

Der Fremde drückte die Fetzen an sich, schritt mit ihnen durch die Glastüren. Die Schnürstiefel hielt er in der Hand. Fred sah ihn wieder, als er vor dem Bahnhof nach einem Taxi Ausschau hielt. Ein Wagen fuhr vor und blieb vor ihnen stehen. Es war kein Taxi. Der Fremde öffnete die Heckklappe und warf die Fetzen und die Stiefel hinein.

Plötzlich stand eine in Schwarz gehüllte Frau neben ihm, Männer tauchten aus der Dunkelheit auf und umringten die beiden. Der Fremde stieß die Männer zur Seite – wie vor Stunden in Bologna, öffnete die Fondtür und half der Frau einsteigen. Dann ging er um den Wagen herum, und ehe er selbst im Fond verschwand, hob er die Hand und winkte zu Fred herüber.

Die Zelle

Als er erwachte, war er gefangen. Er stand auf und stieß mit dem Kopf an eine Glühbirne, die an einem kurzen Draht von der Decke hing und ihn eine würfelförmige, hohle Welt erkennen ließ; eine Zelle, drei Schritt breit, drei Schritt lang. Die Wände waren aus grau gestrichenem Beton. Hart, kalt, geglättet.

Je länger er nach Spalten tastete, nach kleinen Öffnungen in den Mauern, je länger er nach einer Verbindung mit der Außenwelt suchte, desto mehr überkam ihn die Gewissheit, dass es entweder keine Verbindung oder keine Außenwelt gab. Vier Wände aus Beton, sonst nichts. Er klopfte auf den Boden und gegen die Decke, horchte, trommelte mit den Fäusten dagegen, schrie. Der Schrei klang kurz und spröd. Nicht vier, sondern sechs Wände aus Beton. Nur die Lampe zeigte an, wo oben war.

Er saß viele Stunden auf dem Boden. Manchmal erhob er sich, um erneut zu suchen, zu tasten, einen Luftzug zu spüren. Nichts.

Es veränderte sich nichts während der nächsten Stunden oder Tage. Nur manchmal schwollen seine Fingerkuppen an und bluteten, wenn er zu lange am Beton kratzte.

Als er ein andermal erwachte, erschrak er. Die Wände waren gewichen, die Decke hatte sich aufgelöst. Das Licht war heller als zuvor und warf keinen Schatten. Er richtete sich auf. Die Welt war verändert, war weit geworden, ausgefüllt mit Lichtern und seltsamen Gestalten, so weit das Auge reichte. Er schaute um sich und taumelte. Sogar der Boden unter seinen Füßen schien verschwunden zu sein.

Er bewegte sich inmitten einer Schar rätselhafter Geister, die zwischen den Lichtern tanzten. Mit einem dieser Wesen stieß er zusammen. Es war kalt und hart und ließ sich nicht fassen. Er stolperte auf das nächste zu, das die Hand nach ihm ausstreckte, aber er stieß gegen eine unsichtbare Wand. Gegen eine Wand aus Glas, die sich beschlug, wenn er ihr zu nahe kam. Hatte sich der Beton in Glas verwandelt?

In dieser neuen Welt tanzten unzählige Wesen, die alle – wie er feststellte – ihm ähnlich waren. Noch erstaunlicher aber war: Die Geister über ihm tanzten verkehrt durch die Lüfte, die Füße nach oben, die Köpfe nach unten. Die noch höher stehenden Geister balancierten auf den Fußsohlen der unteren und machten die gleichen Bewegungen. Doppelgespenster, an den Fußsohlen zusammengewachsene Dämonen. Geister, die eins waren und doch zwei. Die sich manchmal im Reigen zu vier Wesen vereinten, manchmal gar zu acht. Und die Glühbirnen waren jetzt Doppelsterne, verbunden durch ihre kurzen Drähte.

Er blickte zu Boden: das gleiche Bild. Sogar er selbst stand auf den Fußsohlen eines Wesens, das sich zusammen mit ihm bewegte. Zugleich beugten sie sich beide, zugleich schauten sie einander an, er hinunter, der andere herauf. Er schwebte in einem All aus schmetterlingshaften Gespenstern und Lichtblumen. Er verlor das Gleichgewicht und versuchte unter Verrenkungen, auf den Fußsohlen seines Untergeistes, der sich ebenfalls bemühte, aufrecht stehen zu bleiben. Aber sie stürzten! Hart schlugen sie mit den Köpfen zusammen. Eine Weile lag er benommen auf seinem Untermann. Da begann er zu lachen.

Alle lagen jetzt paarweise aufeinander. Es sah aus wie der rituelle Koitus einer Armee von Luftgeistern.

Er glich ihnen aufs Haar, aber er war keiner von ihnen. Sie lachten, wenn er lachte, sie hoben den Arm, wenn er den Arm hob. Er saß mit dem nackten Hintern auf dem nackten Hintern seines verkehrten Ebenbildes. Und Tausende um ihn herum, über ihm, unter ihm, ebenso. Sechs Spiegel, mehr brauchte es nicht, um das Weltall in eine Zelle zu holen und den engen Raum in ein riesiges Kaleidoskop zu verwandeln. Die Freiheit im hohlen Würfel der Spiegel war eine Illusion.

Aber was, fragte er sich, war hinter den Spiegeln? Nichts? Kein Beton, sondern eben jener Raum, den die Spiegel vortäuschten? Grenzenloser Beton oder grenzenlose Freiheit? Lag hinter den Spiegeln der unendliche Raum aller Möglichkeiten oder dienten sie nur dem Zweck der Täuschung? Das eine erschien nicht logischer als das andere. Er legte das Ohr an die Spiegel, klopfte mit den Fingerknöcheln und horchte. Es klang nicht hohl. Er schlug mit den Fäusten gegen die Spiegel, sie hielten stand.

Nun begann er, die Oberfläche der Spiegel Zentimeter um Zentimeter abzuklopfen, abzuhorchen, in der Hoffnung, dass es irgendwo eine hohle Stelle gab. Der ihm nächststehende Geist half ihm dabei. Ungebeten und mit solcher Ausdauer, dass er darüber lächelte. Doch jedes Mal, wenn er und seine Geister sich ermüdet schlafen legten, überkam ihn die Angst, die Zelle könnte sich über Nacht wieder verwandeln, doch nichts geschah. Er begrüßte nach jedem Aufwachen das ihm nächste Spiegelbild und klopfte unentwegt gemeinsam mit ihm gegen die Glasfläche, die sie trennte. Sie mussten eine Öffnung finden – da sie doch von beiden Seiten klopften ...

Plötzlich hörte es sich an, als wäre hinter dem Spiegel ein Hohlraum. Sie lachten. Sie schlugen mit den Fäusten immer wieder gegen jene Stelle, bis ihre Knochen zu splittern drohten. Aber erst nach vielen Stunden gemeinsamer harter Arbeit, gemeinsamer Schmerzen, gemeinsamer Wut und Enttäuschung zeigte sich – kaum sichtbar – ein Sprung.

Sie sammelten ihre Kräfte vor dem letzten Schlag.

Dann schlugen sie zu - der Spiegel zerbrach. Krachend und splitternd fielen auch die Spiegel an der Decke und an den drei anderen Wänden in Trümmer. Die Scherben und bedeckten knöcheltief den Boden der Zelle.

Dahinter war Beton.

Er war wieder allein. Lange stand er so da, die Haut nicht nur an den Händen, sondern überall am Körper von Splittern aufgerissen, blutend.

Unter ihm verfärbte sich langsam der Beton.

Zeitfracht Medien GmbH
Ferdinand-Jühlke-Straße 7
99095 Erfurt, Deutschland
produktsicherheit@kolibri360.de